16 Février 1884.

VENTE

Du Samedi 16 Février 1884

HOTEL DROUOT, SALLE N° 9

BIJOUX

ET

Orfèvrerie

EXPOSITION PUBLIQUE

Le Vendredi 15 Février 1884

<table>
<tr><td>COMMISSAIRE-PRISEUR</td><td>EXPERT</td></tr>
<tr><td>Me P. CHEVALLIER</td><td>M. CH. MANNHEIM</td></tr>
<tr><td>10, rue Grange-Batelière, 10</td><td>7, rue Saint-Georges, 7</td></tr>
</table>

IMPRIMERIE DE L'ART

CATALOGUE

DE

BIJOUX ET ORFÈVRERIE

Broches, Pendants d'oreilles, Bracelets, Bagues,

ornés de diamants,

Montres et Chaînes en or

Quantité de Bijoux variés

Service de table en argent, Service à thé

Salières et Pièces diverses en argent guilloché et autres

DONT LA VENTE AURA LIEU

HOTEL DROUOT, SALLE N° 9

Le Samedi 16 Février 1884

A DEUX HEURES

Par le Ministère de M° PAUL CHEVALLIER, commissaire-priseur,

10, rue Grange-Batelière, 10

Assisté de M. CHARLES MANNHEIM, expert, 7, rue Saint-Georges

EXPOSITION PUBLIQUE : Le Vendredi 15 Février 1884

DE UNE HEURE A CINQ HEURES

CONDITIONS DE LA VENTE

Elle se fera au comptant.

Les adjudicataires payeront *cinq pour cent* en sus des enchères.

L'exposition mettant le public à même de se rendre compte de l'état des objets, aucune réclamation ne sera admise une fois l'adjudication prononcée.

Paris. — IMPRIMERIE DE L'ART, J. Rouam, imprimeur-éditeur, 41, rue de la Victoire.

DÉSIGNATION DES OBJETS

BIJOUX

1 — Pendant de cou, formé d'un camée sur onyx,
représentant un buste d'homme, avec entou-
rage de diamants et de perles.

2 — Deux pendants d'oreilles formés chacun d'un
brillant, entouré d'un rang de brillants et
d'une palmette de roses.

3 — Demi-parure composée d'une broche et de
deux pendants d'oreilles exécutés en diamants.

4 — Trois boutons de chemise ornés chacun d'un
brillant.

5 — Bouton de chemise formé d'une forte rose
montée en or.

6 — Autre bouton de chemise formé d'une demi-perle entourée de roses.

7 — Deux bagues d'or, avec pierres de couleur entourées de diamants.

8 — Médaillon ovale, en onyx, orné d'un brillant au centre.

9 — Crochet ou châtelaine en or et onyx, enrichi d'un brillant et de roses.

10 — Broche formée d'une mouche, en grenat, montée en or et enrichie de roses.

11 — Deux pendants d'oreilles en améthyste, enrichis de brillants et de roses.

12 — Chaîne et montre en or.

13 — Montre de femme, à remontoir, en or guilloché.

14 — Crochet et montre, forme lyre, en onyx incrusté de demi-perles.

15 — Médaillon ovale, en or, avec rosace en roses.

16 — Chaîne de cou, en or, avec coulant émaillé.

17 — Breloquet formé d'un ruban noir garni en or.

18 — Deux boutons de manchettes, en or découpé,
avec chiffre.

19 — Deux épingles de cravate ornées de roses,
l'une d'elles à feuillages et perle.

20 — Bracelet ou collier formé d'une chaîne plate en
or.

21 — Dix pièces diverses : coulant de cravate, un
bouton double pour manchette, un bouton de
chemise et un porte-crayon.

22 — Chaîne de montre en or, à glands.

23 — Montre de femme, à remontoir, en or guilloché.

24 — Bracelet formé d'une gourmette en or, avec
pendant en grenat orné d'une étoile en
roses.

25 — Chaîne de gilet, formée d'une gourmette en or,
garnie d'un cachet et de breloques.

26 — Montre d'homme, en or, à cuvette guillochée.

27 — Bracelet en or, avec fleur et ornements en
roses et perles fines.

28 — Deux bagues en or.

29 — Médaillon ovale formé d'un camée tête d'Om-
phale sur sardoine.

30 — Intaille sur cornaline, montée dans un cadre
en or.

31 — Chaîne formée d'une gourmette d'or, avec
médaillon guilloché et chiffre gravé.

32 — Coupe-cigare en forme de petit couteau.

33 — Bague d'or, avec camée entouré d'un rang de
brillants.

34 — Deux boutons d'oreilles ornés chacun d'un
brillant.

35 — Bague d'or enrichie d'un brillant.

36 — Bague d'or avec chaton formé d'un saphir
entouré d'un rang de brillants.

37 — Bague d'or avec chaton formé d'une émeraude
entourée d'un rang de brillants.

38 — Montre d'homme, à remontoir, en or guilloché.

39 — Médaillon en or de couleur, repercé à jour,
avec camée buste d'homme.'

40 — Bague d'or avec brillant solitaire.

41-70 — Quantité de bijoux variés : parures, demi-
parures, bracelets, broches, etc., qui seront
vendus séparément ou par lots.

ORFÈVRERIE

71 — Service de table en argent, composé de :
vingt-quatre couverts, vingt-quatre couverts
à entremets, vingt-quatre cuillers à café,

vingt cuillers à œufs, deux cuillers à ragoût, deux cuillers à sucre, quatre cuillers à compote, une louche, vingt-quatre couteaux de table, vingt-quatre couteaux à dessert, deux couverts à salade, un couvert à découper, deux truelles à poisson et une pince à asperges. Ce lot sera divisé.

72 — Deux couverts de style Louis XVI, l'un d'eux en argent, l'autre en vermeil. L'un d'eux est composé de trois pièces, l'autre de quatre pièces.

73 — Quatorze pièces diverses en argent : cuillers, fourchettes, etc.

74 — Six salières en argent, dorées en partie, avec pelles à sel.

75 — Petite coupe, en forme de navire, en argent.

76 — Tabatière en argent guilloché.

77 — Gobelet en vermeil émaillé.

78 — Deux tasses, avec soucoupes, en argent guilloché.

79 — Deux gobelets en argent guilloché.

80 — Petite salière formée d'un traîneau, en argent doré en partie.

81 — Quatre ronds de serviette en argent guilloché.

82-85 — Fort lot de médailles et de monnaies d'argent du xviie siècle.

86-87 — Autre lot de monnaies et de médailles en bronze.

88 — Service à thé et à café, en argent repoussé, à feuillages. Il se compose d'une théière, d'une cafetière, d'un sucrier, d'un pot à crème et d'un plateau ovale à deux anses.

89 — Deux corbeilles ovales et à deux anses en argent.

90 — Quatre dessous de carafe en argent.

91 — Service à poisson en argent.

92 — Coquetier, avec plateau en argent gravé, de
chez Odiot.

93 — Deux salières en argent guilloché.

94 — Lot d'orfèvrerie argentée : couverts, cuillers à
café et fourchettes à huîtres.